혼자는 싫은
그럴 때 있어

혼자는 싫은
그럴 때 있어

문영 시집

한그루

늘 울보였던 어린 딸을 업고
소월素月의 시를
자장가처럼 들려주신
사랑하는 나의 어머니,
김복희 님께 이 시집을 바칩니다.

사랑도 깊어지면 독毒이 된다

-혜담

너는 리셋되어 꽂아두고 꺼내지 않을 책이 된다

-문영

시인의 말

"이제 곧 착륙합니다. 좌석벨트를 매주십시오."
그러지 뭐
수없는 수많은 시작은 늘 흔들려 온걸
다시 흔들려도 시작하자
안전벨트가 있으니까

혼자는 싫은 그럴 때 있어

1장
데프블라인드

2장

오해

3장

물들어

4장

나의 홀씨에게

5장

붉은 원죄

데프블라인드

눈귀로 보고 듣는데

세상이 어려워 난

눈, 사람

차갑게 얼려둔 시간의 틀 안에
잊기엔 아쉬운 당신을 담았다
한겨울 눈사람처럼
영하로 묶어두고

온몸으로 막아둔 기억의 틈 사이로
슬금슬금 빠져나간 내가 알던 당신이
봄날에 녹아내릴까
냉동고를 꼭 닫는다

어머니의 오른손

겨울바람에 창문이 흔들리고 어머니
세상 축 기울까 봐 찢겨진 창 너머
바람을 밤새 재봉틀로
꿰매고 있었어

흙 묻은 굴 남몰래 감춰온 날이면
아들 뱃속 딸꾹질로 박음질은 해뒀는데
검버섯 오른손 이미
부풀고 터져 있어

한 발짝씩 느려지는 그림자 걸음걸음
오른쪽 어깻죽지로 끙끙대며 앓을 때
어머니 해진 실밥 털고
여자로 꿰매졌을까

지하철

땅 밑으로 다니는 인간들의 출입문

열리고 닫히는
침묵 사이로 흐르는
어색한 목 넘김은 안다

유턴 없는 길에 섰음을

폭낭이 있던 자리

주섬주섬 꺼내보는 기억의 서랍 속에
자라지 못한 친구 얼굴 만지며 엄마는
나무가 되고 싶었다 나는
어린 날의 그 나무가

너와 나 올려주던 든든한 가지에서
새처럼 지저귀던 그 여름날 그리워
나무가 되고 싶었다 나는
잊고 있던 그 나무가

포클레인 쓸어버려 길 조차 잃은 그곳
나무가 머물던 거기가 어디인지
꽤 오래 서 있다 엄마는
나무처럼 우두커니

버스는 종점을 지나고 한참인데
어딘가 뿌리내릴 한 조각 또 한 조각
기억은 어디쯤에서
그 길을 잃었을까

*폭낭: 팽나무의 제주어.

섬

화려한 꽃상여 위
젓가락 소리 맞춰

춤조차 못 추던
참 못난 그 사람

이 사이 곰팡이로나 자랄
아름다운 날

눈물 한 점

데프블라인드

보지 않는 네 눈은 세상을 생각하고
듣지 않는 네 귀는 세상을 만들지만
눈귀로 보고 듣는데
세상이 어려워 난

볼 수 있는 두 눈이 들리는 두 귀가
세상 욕망 심고 키워 오히려 눈귀 멀 때
세상을 더듬고 배우는
네 손을 잡아도 될까

우리가 만져온 세상이 병이 들어
너만의 촉수어가 다가와 위로할 때
깨달아 난 가까스로 얻은
이 삶이 축복인걸

이타적 로봇

하루 종일 일해도
미안하다 하는 너

미안한 건 나인데
무어 그리 미안하대

오늘도 말귀 어두운
사람 친구라 미안해

밥상보

아무 것도 아닌 채 그 무엇도 아닌 채
약속되어 있지 않은 기억들을 보듬어
만들다 남겨진 조각보
이었을까 어머니는

정사각형 밥상보가 만들어질 때까지
바늘은 제 갈 길만 손가락엔 피멍이
검붉은 커피 사발만
그 곁을 지키는데

복숭아뼈 피부가 오돌토돌 벗겨진 발
오랫동안 풍화되어 말끔한 곳 없는 당신
마지막 한 조각 부디
그 기억 나였으면

점퍼

아래를 보지 말아
앞을 보고 뛰는 거야
넘을 수 없을 만큼
높은 벽은 없는걸

누구도
너의 하늘에
정지선을 그리진 않아

센 물살 몰아치는
깊은 내면을 헤엄쳐
고요히 숨죽이는
거짓 속삭임은 무시해

점프해
살아갈 날들에 힘껏
벽을 밟고 반동을 타

마른 꽃

기억 가지 더듬더듬
꽃잎을 물들이고

들숨날숨 눈치 보다
줄기조차 덮칠 때

시간의 날에 베인 향기는

아름다움만
남았구나

기다리는 집

부질없는 등짝을 바라보는 날 두고
모르는 사람처럼 뒤돌아 가버린 너
파도에 부서지는 모래알처럼
깨지다 보면 무뎌질까

오랫동안 기다린 벽지엔 누런 물이
바람에 휘청하던 대문은 뼈대만 남아
기억이 묻은 세월은
탈탈 털어도 네가 없구나

병든 시간 날마다 금이 쩍 갈라져
얼굴에서 손등까지 주름으로 새겨져
기다려 말한 적 없지만
기다리는 내내 행복했다

돌아올 수 없는 어제의 너 때문에
오늘까지 나는 잘 살아낼 수 있어서
너의 긴 오늘은 아직
내게 오지 않았으니

잃어버리는 중입니다

후루룩 소리 내어 국수를 먹던 당신
이 사이 낀 붉은 고춧가루로 웃던 당신
한 번도 사랑한다는 말
해본 적 없는데

후두둑 비 내리는 날이면 두 손깍지
그거라도 당신 위한 우산이면 좋겠다
한 번쯤 사랑한다는 말
해볼까도 했는데

마지막 너와 나는 삐에로와 조커였지
그렇게라도 서로 위해 웃어주자 했는데
영원히 사랑해 그 말만
이태원 골목을 떠도네

2장

오
해

머리 검은 짐승은
거두는 게 아니다

아파트

평행으로 누웠을 때 들리는 고요함은
이른 아침 분주한 발자국을 지나치고
늦은 밤 달그락거리는
그릇을 비워내는 일

층간소음 중계하는 인터폰 바이러스
발아래 그의 머리 있을지 모르지만
중력을 이길 길 없는
발바닥들 어쩔까

405호 남자의 죽음과 평행하게
505호 내게는 단잠들 채워지겠지
주어진 시간과 공간이
겹치지 않는 모래시계처럼

티비

가끔은 혼자서
수다 떠는 그 녀석

거들떠보지 않아도
저 혼자 드라마틱

설거지 빨래로 바쁜 아침

귀로 듣는
낙樂이라

불, 꽃놀이

꽃같이 예쁜 아이 품에 안고 울었어
잘려나간 꽃잎들이 사방으로 흩날릴 때
앙 다문 입을 벌려가며
젖꼭지 물린 채

까만 밤 수놓던 불꽃놀인 화려했지
폭탄으로 떨어지는 오늘 밤 저 꽃처럼
순간을 되돌리기엔
무섭게 낙화하는 삶들

불꽃으로 산화된 채 보이지 않는 길
내 아이 울음 그친 절망의 끝에서
매일 밤 불, 꽃 될란다 나는
살아남은 몫을 태워

봄비 필경사

봄비가 빗살무늬로
유리창을 물들일 때

안개 속에 숨었던 나
흔적 없이 사라지길

비 젖은 연필을 잡고
시구 하나 말린다

브로켄

한순간 햇살은
거인을 만든다
아무것 없는 사람
자신조차 잃은 사람
정상에 선 순간만은
그림자를 부풀려

아무것 없으니
무엇이든 소중하고
자신조차 잃었으니
남의 눈 될 수 있어
잊히기 싫은 작은 거인들
행복한 신을 꿈꾼다

오해

머리 검은 짐승은
거두는 게 아니다

검은 가지 한 놈을
머리 싹둑 잘랐는데

솜 같은 뽀얀 속살에

미안한 맘
갚을 길 없네

자화상

군중 속으로 걸어간 찬란한 머릿결

빛나는 젊음만 가득했던 그 목소리

두 눈을 감아도 느껴

내가 아직 거기 있음을

매화꽃비

무엇을 물어야 할까 몰라 망설이던
춘삼월 매화 지고 떨구는 고개마다
아버지 부르면 한번
뒤돌아볼까 하였네

남기고 갈 것 없는 빈 손바닥 아버지가
잡아주고 밀어주다 굽디굽은 손마디에
나란히 남겨질 것은
무엇인지 몰랐지만

길목마다 들리는 매화꽃비 나리는 소리
괜찮다 괜찮다 내 어깨 다독이던
아버지 마지막 화이트데이
내내 몰래 그리울걸

침묵

돌덩이는 모른다
제 몸의 무게를

들어본 자 알겠지
무게만큼 무거운 건

지키고 견뎌야 하는

침묵의
짐이란 걸

기억의 집

새소리에 문득 문득
사람 소리에 문득문득
들어선 안 될 기억이
박혀있는 총알 같아
살기에 주눅 든 그 집
들린다 앓는 소리

문소리에 문득문득
발소리에 문득문득
기억이 흘러나오던
턴테이블 그 음악
망각이 두려운 네게서
들리던 음 이탈 소리

누구든 너처럼
기억될 수 있을까
누구든 바람처럼
잊힐 수도 있을까
무거운 기억 뱉는 그 집
문득문득 들리던 봄

벚꽃 엔딩

하얗게 하얗게
나무는 집을 짓네

한 겹 두 겹 바른 만큼
견고하길 바라며

꽃향기 가득한 집 하나
나무는 갖고 싶었네

밤새 내린 빗물에
녹아내린 흙 마당엔

하얀 집 잔해들이
바람 맞아 뒹굴고

집터만 남은 나무는 다시
푸른 눈물 집을 짓네

비꽃

쏟아지는 빗속 뚫고
달 하나 피어 있네

보름달 탐스러운
울 막내 얼굴 숨었네
밭고랑 꼬마 발장구

비 꽃
흠뻑 뿌리네

3장.

물들어

눈치 볼 것투성이고

먼저 가도 뒤처지고

고인 시간이 있다

사랑해
나 미처 말하지 못했네
할머니 남겨둔 놋그릇 그때처럼
푸르고 선명한 기억
새겨진 당신인데

보고픈 만큼만
푸석한 입술 축일까
할머니 입김 서린 젖은 수건 꾹 짜내니
주름진 눈물이 밤새
굽이굽이 흐를까 봐

불면을
앓는 밤 보고픈 당신이
침샘에 잔뜩 고여 목구멍 얼얼한데
놋그릇 닦아내던 당신
가득 고인 그 시간 있다

새참

무거운 침묵의 잠 곱게 갠 이부자리
어머니는 멸치에 다시마를 푹 고아
걸쭉한 제 삶에 퐁당
아침국수 한 타래를

어느 절 목탁소리에 깨어나는 새벽길
밀려나간 밤 귀퉁이 말아 올린 여린 아침
소금 빛 잔별들 모두
어디로 숨었을까

무인도

냉골로 누워있는 빛바랜 포대기에
살아간 흔적 없이 새겨진 아기 울음
젖가슴 까맣게 말라
뼈마디로 덩그러니

나이테로 감겨가는 날들에 퇴적되다
오래된 유물로나 비껴간 인연은
거미줄 무늬로 얽혀
바닥에 깔려있어

누구든 무엇이든 그곳에 있었지만
아무도 몰랐다 아무것도 아니던 삶
퇴화된 기억이 담긴
무인도만 남았다

넣어둬 너의 편견

자꾸만 의심하라
이해한다는
너 자신을

편견이 없다더니
실수로 뱉은 진심 봐

괜찮아
깨지라 있는 것
편견이란 말 따윈

조감도

허공에 발을 내린 저녁 햇살 한 무리들

자박자박 시간을 밟고 오는 기척에 놀라

새인 양 날개를 펴고 침묵 위를 날고 있다

물들어

사람과 사람 사이
살다 보니 그렇대

눈치 볼 것투성이고
먼저 가도 뒤처지고

그래도 하루는 공평하게
순간으로 물들어

꽃 잔디에게

기꺼이 팔 벌려 내어준 적 없지만
그 자리에 머물러 있어줘서 좋았다

발길에 기꺼이 채어주는
고마운 너라서

푸른 상처 풍성한 생채기 잎들에
하얀 눈치 모아둔 꽃잎조차 좋았다

산책로 블록 틈 사이
늘 웃는 너라서

라스푸티차

질퍽한 가슴을 밟고 온 계절은
애걸복걸 매달리다 진흙에 뒤범벅돼
내 인생 네 인생 엉킨 전장戰場
시린 흙빛 발목 같아

가을비에 젖어버린 빗길에 휩쓸리다
봄비에 녹아내린 눈밭조차 진탕일 때
그 인생 꺼내고 말릴
한 사람쯤 있을까 봐

조용히 체념하고 숨조차 버거울 때
빛나는 계절에 문안을 해볼까 해
내 인생 스스로 내딛을 발
손 한번 잡아줄 너에게

*라스푸티차(Rasputitsa): '진흙의 계절'이라는 뜻의 러시아어로 매년
봄, 가을 러시아와 우크라이나 등지의 토양이 진흙탕으로 변하는 현상.

오란비

사람과 사람 사이
잘 얽힌 뿌리들

방황 끝 베어낼
칼날 같은 빗소리가

저 홀로 가지치기 된
기억의 손금
씻는다

*오란비: '장마'의 순우리말.

연리지

-너븐숭이 4·3기념관에서

누구인지 모르게
무엇인지 모르게

처음부터
함께였던 것처럼 깊게 안아

매순간 자라나버린 시간

뿌리가 된
너와 나

비익조

남은 눈 하나로는 세상 보기 힘들어

하나의 날개로는 날다가도 길을 잃어

너와 나 하나 된 첫 비행

기억할까 넌

그 사랑의 무게를

읽어보겠습니다

당신의 눈 될 수 없어
그 사랑 보지 못한 죄

당신의 귀 될 수 없어
그 마음 듣지 못한 죄

비로소
읽어보겠습니다

내게 남긴
세상의 의미

4장.

나
의
홀
씨
에
게

떠날 걸 알지만 붙잡을 순 없는걸

퍼플오렌지

이집트인 죽음에는 오렌지 빛 울음이
브라질인 죽음에는 보랏빛 울음이
당신이 담긴 울음에는 색조차 없는데

너무 이른 죽음의 길 서두르니 부스럭
혹여나 훌쩍임에 깜짝 놀라 깨어날까
감긴 채 얼어붙어버린 당신 낯만 물끄러미

사무치듯 목 놓아 부르지도 못하고
성대 결절 깊은 밤 묵묵히 참아낸 건
당신만 내내 바라보며 살아온 나 잃을까 봐

천천히 음미하듯 시간을 삼키라고
나를 버린 너에겐 심장조차 없는데
이제야 퍼플오렌지 빛 빈 울음 울어볼까

그대로 아픈 만큼 렌탄도 렌탄도로
서투른 연주 담긴 당신 목록 지워내며
사람은 사랑 밖에서 느리게 잊겠노라

목소리

보이지 않는 것도
담을 수 있을까

듣고 싶은 당신이
행여 다시 왔을까

서랍에 숨겼던 어제
꺼내본다 귀 기울여

딱지치기

더러는 더러워 더러는 안쓰러워 참다
이중 잣대로 해고된 어머니 딱지엔
똥고집 막내 서툰 어른 큰딸
꼬깃꼬깃 접혔다

꾹 눌린 만큼 더 무거운 새벽이
달려든다 웅크린 등딱지를 뒤집으려
아무리 밀어도 뒤집히지 않겠다
긴 뿌리가 생겼다 어머닌

댕유지

어찌할까 가만 두고 보기만 하는데
주황빛 향기는 또 왜 이리 기막힌지
아버지 오래된 기침에
약으로 쓰였을 팔자

내 진작 알았지만 가만히 보기만 해
방향제로 쓰이라고 식탁 위에 앉히고
아버지 보고플 때 꺼내
내 맘 녹일 약 되라고

몬스테라

어린뿌리 단 하나를
허공에 매단 채

잎사귀만 커가니
목 줄기가 무겁대

살며시 대 하나 꽂고
내일의 무게
묶어둔다

나의 홀씨에게

떠날 걸 알지만 붙잡을 순 없는걸
내 품에서 자랐지만 떠나갈 나의 홀씨
차라리 장미였다면
잎이라도 떨굴 일

장밋빛 미래라고 말해줄 수 없지만
새 뿌리 새 땅에서 네가 만들 시간들은
하나도 버릴 것 없는
위대한 기록일 거야

미련곰탱이

누군들 알았을까
괜찮다던 위로의 말

차라리 씻고 잊자
소낙비가 내리는데

꿈에선 만날까 싶어
또 팔베개 내민다 난

단풍

누군가의 지문이든 물기 마른 흔적이든

군데군데 삭아버린 손거울 속 낡은 집

여자는 가을을 닮아

붉은빛 물들었다

손가락선인장 꽃

숱한 시선들 이겨내 온 장사꾼 아버지
팔 것도 남길 것도 없는 빈 손바닥
부서져 자잘해져버린 가시들이 돋아나

손마디에 박혀 자란 작은 가시들
빨아댄 만큼 살 오른 선인장에서
새벽녘 버스럭거리는 소리 들렸네

꿈이 그쳐가는 날은 정해지지 않아서
손마디 한 땀 한 땀 아버지 낡은 주름이
가슴에 바늘땀으로 쿡쿡 박히더니

검푸른 혀끝에 타오르던 여름나절
기어이 손마디에 피멍 든 아버지가
한 송이 주홍 글씨로 물든 꽃 피웠네

아이스크림

더워서 녹아가도
맛 좋은 아이스크림
배고픈 여름철
눅눅한 몸 뉘이고
달콤하게 버무려진 초코 땀
흘려도 좋을

앞으로도 뒤로도
조금씩 모자란 49
혓바닥에 도르르 굴려
고독했던 시간만큼
달콤한 아이스크림
재깍재깍 핥는다

폭우

큰바람 쓸어내린 안쓰러운 창문에
몰아치듯 질책하는 말들로 떨어지다
아버지 땀방울처럼
젖어버린 약속들

이 비가 그치면 접힌 시간 펴볼까요
신호등 불빛 밤새 폭우로 쏟아지니
아버지 장화 한 짝만
마침표에서 떨어지고

어린 날 기다리던 공룡무늬 장화는
기억에 대못이 박혀 두 발을 잃었나 봐
오늘도 놀이공원엔
찬비가 오나 봐요

유리개구리

언제나 그랬지
딱딱한 잎맥을
빠르게 내려가려면
신발을 꼭 신어라
제 등을 신발로 내어준
백 없는 아버지가

신발을 잃어버린
막내가 휘 달리네
방금 배운 세상을
남은 살갗 방패 삼아
차갑게 심장을 얼린
제 아비 구겨 신고

말벌 하나 개구리를
깜짝할 새 놓치고
날카로운 유리 등에
뾰족 침이 베었어
아버지 심장 비로소
화장火葬을 기다리네

5장.

붉은 원죄

혼들린 눈동자 어쩔까
서로를 알아본 원죄인걸

가위

이제 풀자 싶을수록 조여드는 사이엔
가위가 필요하다 자르기 쉽게 뚝
조각들 기억이 얽힌 만큼
독하게 잘라내게

발목부터 심장까지 담겨진 택배상자엔
불투명 케이블타이로 잘 묶인 새 신발
이제 뚝 잘라내야만
나 숨 쉴 수 있을까

당신이 떠나고 이리 숨이 가쁜 건
케이블타이로 조여진 내 미련 때문인걸
가위로 잘라낼 그 시간
서걱서걱 다가온다

상사화

유리 베인 상처야
그보다 아플까

어미는 자식 잊고
자식은 어미 잃고

때늦은 가슴앓이
피고 지는
붉은 꽃 멍

빛, 물

차창에 빗물 드니
별빛 먼저 젖었다

앞차에서 쏟아지는
빛 무리에 걸린 별이

겁 없이 달려온 삶
빛
물
로
흩어지는 밤

삽목

뿌리가 병든 나무
어떻게든 살리려고
그 뿌리 싹둑 잘라
내 심장에 심었다
차라리 잡아먹고서
그 병 다 나으라고

폭력 같은 뙤약볕은
약이 될 수 없었고
되돌릴 수 있는 기회
골든타임 다 됐는데
맥박이 없는 널 위해
하루 종일 입만 말라

잎조차 없는 대화
무심한 눈빛이었나
미안했던 순간들만
자꾸자꾸 재생되고
기어이 너를 묶는다
내 안에 숨은 희망에

금붕어의 애도법

먼저 떠난 친구가 그리운가 금붕어는
하루 종일 머리 박고 꿈쩍이지 않는데
잊어라 말하기엔 나 또한
혼자는 싫은 그럴 때 있어

눈망울에 담긴 건 죽음 너머 그 어딘가
나도 너랑 머리 박고 숨만 뻐끔 그럴까
책장을 넘길 시간이 됐어
마지막 애도는 오늘만

붉은 원죄

나는 네가 예뻐 올려다보고

너는 내가 궁금해 내려다보고

흔들린 눈동자 어쩔까

서로를 알아본 원죄인걸

어염으로

몇 발짝 뒤에서 어김없이 들리지
어염으로 어이 어염으로 할아버지 목소리
할머니 따라가지 못하는
할아버지 발소리도

빠른 걸음 걷지만 균형 깨진 걸음보로
자꾸만 갈지자를 반복하는 할머니는
무심한 할아버지 호통소리
멀리서도 귀 기울인 게지

미워할 수 없는 세월의 때가 묻은
어염으로 어염으로 할아버지 호통은
제 걸음 무게를 감추려 애쓰는
사랑이란 이름인 것을

*어염: 제주 방언. 길가의 안쪽을 이르는 말.

새가 날지 않는 시간

나 아직 울지 않아
그 누가 뭐래도

세상 먼저 울 거야
그때를 기다릴 뿐

저 하늘
푸른 소낙비
입술까지 적실 때

창窓

마주 보는 시선인데 마주친 적 없는 눈
그 길을 늘 걸어온 한 소년은 낯선 이와
창이란 세상의 경계에서
마주 보고 서있다

창 안에선 창밖의 눈 기억할 리 없는 법
바다의 수평을 창 안에서 건디는 게
소년의 보말 쥔 손만큼
무거운 무게일까

높은 성처럼 자라난 파도 위 길들이
구이 집 뾰족 지붕에 조금씩 스며들 때
창窓이란 안과 밖 명사로
담벼락은 쌓이고

창문 안 이방인들 창밖과 마주 앉아
경계에서 먹히는 법 배우고 있었어
창밖은 창문 안 고개 든
그 세상이 낯설다

인생 네, 컷

가만히 들여다봐
분주한 사람들
그 안에서 길 잃은
미완성의 인생 한 컷
색깔도 입혀지지 않던
가난한 날이라서

미친 듯 달렸었지
목마르다 느껴도
사랑받을 자격 있는
버틸 만한 인생 두 컷에
무엇도 정해지지 않은
잠시 머물 청춘이니

가지 않은 길에 서서
후회는 말아야 해
네 컷 사진 채우려다
딱 한 자리 허전해도
기다리다 달아나버린
누구든 무엇이라도

말했어야 했을까
네, 그리고 이제 시작
내 삶이 개떡 같아
찰떡같이 버텼는데
오호라 인생이란 게
컷 잘 할 때 채워진단걸

휘파람새

-할머니를 추억하며

수산리 대문 없는 집 낡은 외양간에

주인 잃은 휠체어 홀로 남아 오도카니

오월의 바람 온통 품고

휘파람새 되었더라 당신

이별도 별이었더라

속절없이 떠돌다 돌아보면 그 자리
저 멀리 산자락에 걸터앉은 노을이
조용히 내리다 지네
밤을 가둔 빛을 품고

한 생 멈춘 겨울 지나 승화할 봄꽃이여
기다린 시간만큼 찬란하게 살아남아
이젠 날 잊고 부디 웃어
어둠 속 빛날 심장 안고

기어이 꺾이는 한 자락 계절이여
불러도 대답 없는 나의 별을 삼킨 채
꽃처럼 피었다 지네
눈 날리는 밤하늘에

에필로그

[데프블라인드]

세상을 보고 들을 수 있는 건 정말 소중한 기회이 자 누군가에게는 당연하지 않은 특권일 것이다. 매일같이 보고 듣다 보면 그 소중함을 잃고 어느새 당연하게 여겨 세상에 불평불만을 쌓아가게 될 것이다. 나 또한 세상이 어렵다, 사람이 어렵다는 말을 달고 산다.

하지만 내가 그것들을 모두 소중하게 보고 듣는다면 어려움이 아닌 새로움으로 마주할 수 있지 않을까. 가끔 힘들고 어려울 때 어린아이들의 순수한 말에 감동받고 벙찔 때가 있다. 그건 아마 내가 보고 들은 경험으로만 세상을 정의하고 있기 때문이 아닐까.

[나의 홀씨에게]

홀씨 하면 쨍하고 푸르른 날에 흩날리는 아름다
운 장면이 떠오르곤 한다. 드라마나 영화에서는 떠나
감, 마지막, 희망, 뒤늦은 자유로움 등의 요소로 사용
된다.

알고 보면 나는 홀씨 하나하나의 아름다움과 의
미에 대해서 생각을 했던 것 같다. 홀씨도 누군가의
품에서 자라났다는 것을 놓쳤었다. 어쩌면 인간의 삶
과도 같다고 느꼈다.

독립을 할 때 자유로움을 느끼다가도 중간중간
떠나왔다는 헛헛함과 우울함을 느끼는 순간이 있을
것이다. 하지만 홀씨처럼 우리는 독립한 순간부터는
주체적으로 새로운 자신만의 보금자리를 꾸려나가
야 한다. 다시 원래대로 돌아갈 수 없다.

이 시에 나온 홀씨처럼 각자의 새로운 주체들은
하나도 버릴 것 없는 가치 있는 기록들을 만들어나가
고 있을 것이라고 생각한다. 모두가 아는 위대한 기
록이 아니라고 위대하지 않은 것은 아닐 것이다.

'내 삶의 위대한 기록으로 남으면 된 것이 아닐
까…?'라는 생각이 든다.

[물들어]

사람과 사람이 모이면 정이 생기기도 하고 기쁨이 생기기도 하지만, 눈치를 보고 분위기 파악도 하고 자연스럽게 어울리기 위해 노력하게 된다. 눈치 보지 말란 얘기는 더욱더 세심하게 눈치를 보라는 것 같고 점점 사회 안에서 작아지는 나를 발견하게 된다.

그런데 그러한 사람들도 지하철이나 자동차 안에서 보이는 노을이나 멋진 풍경들을 볼 때 눈치 볼 것 없이 감탄을 한다. 요전에 영화를 보러갔을 때도 재미있는 장면에서 다 같이 웃고 감동적인 장면에서 훌쩍거리는 모습들을 보며, 그 순간 나도 모르게 전혀 모르는 낯선 사람들과 편안하게 공감했다는 생각을 하게 되었다.

치열한 생각들 틈에서는 내가 뒤처지고 시간이 늦게 가는 것처럼 느껴지지만 사실 우리는 그저 그냥 우리에게 스며든 그 시간들을 그렇게 물들어가며 흘려보내고 있는 것은 아닐까.

[오해]

이 시를 마주하자마자 "와!"라는 소리가 입 밖으로 나오게 되었다. 모두가 늘 "편견을 가지는 것은 좋지 않다.", "모두 평등하게 대해야 한다."라고 말을 하지만 이를 실천으로 옮기는 것은 사실 어렵다.

나 또한 편견을 가지고 행동한 경험이 있다 보니 이 글을 보고 반성하게 됨과 동시에 탄성이 나왔던 것 같다. 물론 가끔은 그 편견이 맞는 경우도 있다. 그렇기에 나는 편견을 아예 가지지 않는 것은 어렵다고 생각한다.

편견을 가지고 있어도 그 생각이 틀리면 인정할 줄 아는 태도를 가지는 것이 중요하다고 생각한다. 그리고 나아가 그 편견을 하나하나 버려나가면 된다. 결국은 나의 잘못을 인정하고 고칠 줄 아는 사람이 되는 것이 중요한 것 같다.

글 속에 '미안한 맘 갚을 길 없네'라는 문장에서 이미 글쓴이는 미안함을 가지고 자신의 오해를 인정하는 모습을 보여줬다는 생각이 든다.

[붉은 원죄]

"흔들린 눈동자 어쩔까/ 서로를 알아본 원죄인걸"

이 문장을 딱 보자마자 누군가를 보고 흔들리는 표정을 짓는 한 장면이 떠올랐다. 글의 문장 하나만 읽어도 하나의 영상이 떠오르는 걸 보니 분명 좋은 구절인 것 같다.

'원죄'라는 단어가 유독 글에서 임팩트를 주는 것 같기도 하다. 해당 단어로 인해 도대체 화자가 어디서 누군가를 보고 그런 것인지 더욱 궁금하게 만든다. 이번 글은 어떤 리뷰를 한다기보다 그냥 문장 그 자체에 의미를 두는 게 맞는 것 같다.

-hannah의 인스타그램 리뷰 글 중에서

혼자는 싫은 그럴 때 있어

2024년 10월 9일 초판 1쇄 발행

지은이 문영
펴낸이 김영훈
편집인 김지희
디자인 김영훈
편집부 이은아, 부건영
펴낸곳 한그루
　　　　출판등록 제651-2008-000003호
　　　　제주특별자치도 제주시 복지로1길 21
　　　　전화 064 723 7580 전송 064 753 7580
　　　　전자우편 onetreebook@daum.net 누리방 onetreebook.com

ISBN 979-11-6867-183-6 (03810)

이 책은 제주특별자치도와 제주문화예술재단의
2024년 제주문화예술재단 지원사업 후원을 받아 발간되었습니다.

값 10,000원